SO...
UNICORNIO

De Mallory C. Loehr
Dibujos de Joey Chou
Traducción de Teresa Mlawer

A GOLDEN BOOK • NEW YORK

rhcbooks.com
Maestros y bibliotecarios, para una variedad de herramientas educativas,
visítenos en RHTeachersLibrarians.com
Número de Control de la Biblioteca del Congreso: 2018963360
ISBN 978-0-593-11981-5
Impreso en Estados Unidos de América
10 9 8 7 6 5 4 3 2 1

Soy de un blanco luz de luna.
Un cuerno mágico tengo.
Parezco un caballo, sin duda.

¡SOY UN UNICORNIO!

Mi cuerno el agua aclara...

... y también el dolor sana.

Fuerte y feroz puedo ser.

Dulce y gentil a la vez.

En el bosque me divierto.

En el campo brinco y juego.

Soy una fuerza de la naturaleza...

¡SOY UN UNICORNIO!

Con mi manada galopo.

Jugamos al escondite.

A veces
a solas me gusta estar

y ver el día despertar.
shhh...

Soy magia.
Y soy misterio.

¡SOY UN
UNICORNIO!

¿Tú crees en mí?

¡Yo creo en ti!